Brille, brille, petite luciole,

Publié par Presses Aventure, une division de
Les Publications Modus Vivendi Inc.
55, rue Jean-Talon Ouest, 2ᵉ étage
Montréal (Québec) Canada, H2R 2W8

Paru sous le titre original : *Twinkle, Twinkle, Little Bug*

Traduit de l'anglais par : Louise Picard

Dépôt légal – Bibliothèque et Archives nationales du Québec, 2008
Dépôt légal – Bibliothèque et Archives Canada, 2008

ISBN 13 : 978-2-89543-889-2

Nous reconnaissons l'aide financière du gouvernement du Canada par l'entremise du Programme d'aide au développement de l'industrie de l'édition (PADIÉ) pour nos activités d'édition.

Gouvernement du Québec – Programme de crédit d'impôt pour l'édition de livres – Gestion SODEC

Imprimé en Chine.

Brille, brille, petite luciole,

par Katharine Ross
illustré par Tom Brannon

Un soir, Big Bird

aperçoit quelque chose

qui brille dans le noir.

– Regarde, dit-il, une luciole !

BRILLE, BRILLE, BRILLE,

petite luciole.

– Reviens, petite luciole !

Je ne vais pas te faire de mal,

lui dit Big Bird.

Il dépose la luciole

dans un bocal.

BRILLE, BRILLE, BRILLE,

petite luciole.

– Ernie, regarde ma luciole, dit Big Bird. Brille pour Ernie, petite luciole.

BRILLE, BRILLE, BRILLE,

petite luciole.

– Zoé, regarde ma
luciole, dit Big Bird.

Brille pour Zoé,
petite luciole.

BRILLE, BRILLE, BRILLE,

petite luciole.

– Bert, regarde ma
luciole, dit Big Bird.
Brille pour Bert,
petite luciole.

Mais la luciole ne
veut plus briller.

– Pourquoi ne veux-tu pas briller ? lui demande Big Bird.

– Peut-être se sent-elle seule,

dit Bert.

Big Bird parle alors à sa luciole afin qu'elle ne se sente plus seule.

Mais la luciole ne veut plus briller.

17

– Peut-être est-elle fatiguée,
dit Elmo.

Big Bird donne alors
un oreiller à sa luciole
afin qu'elle
puisse faire
une sieste.

Mais la luciole
ne veut plus briller.

– Peut-être a-t-elle faim,

dit Cookie Monster.

Big Bird donne

alors à sa luciole un

biscuit afin qu'elle

puisse manger.

Mais la luciole ne

peut plus briller.

– Peut-être veut-elle
entendre de la musique,
dit Hoots le hibou.

Hoots interprète un morceau de jazz et Big Bird l'accompagne.

– Brille, brille, petite luciole, chante Big Bird.

Mais la luciole ne veut

toujours pas briller.

– Grover, pourquoi ma luciole

ne peut-elle plus briller ?

lui demande Big Bird.

Je lui ai parlé, je lui ai donné

un oreiller pour qu'elle puisse

faire une sieste, je lui ai donné

un biscuit pour qu'elle puisse

manger, je lui ai joué de la

musique. Je suis son ami !

– Est-ce que <u>tu</u> brillerais si
tu étais emprisonné dans
un bocal ? demande Grover.

– Euh ! dit Big Bird,
je ne pense pas.

Big Bird ouvre le bocal

et libère sa luciole.

– Brille, brille, petite luciole,

dit Big Bird.

Et la luciole se met à briller.

BRILLE! BRILLE! BRILLE!